KB170206

내가
안 했어요.

내가 안 했어요 4

민형 글 : 김준석 그림

FILE.34

하…

물끄럼

피식

설마
모른 척하진…

아니요!

○○○

형제님 말대로
그 택배를 수령한 건
제가 맞습니다.

갑자기 얘기를
꺼내셔서 당황했을 뿐!

다만 한 가지.

저는 거기서
그런 택배를 받을지
꿈에도 몰랐었습니다.

02. 23. PM. 03:58

아이 진짜!!
뭐꼬 이거!

터벅
터벅
텅
텅

장난하는 것도
아이고…!

응?

저기요! 사장님?
혹시 여 사십니꺼?

!

아…니요…
저는 여기 사는
사람이 아닙니다.

맞습니꺼?
그럼 여 사는 사람
언제 오는지
혹시 아십니꺼?

9

아니 사람이 안 사는데 4시까지 배달라니?

사람 엿 맥이는 것도 아이고.

?!

감짝

...!!

꿈틀

그러니까 지금…

택배가 올지 전혀 몰랐는데, 보니까 신부님에게 온 거였다는 말인가요?

맞습니다. 만약 확인하지 않았더라면 그냥 지나쳤을 겁니다.

저도 무척이나 당황스러웠습니다.

아니 그게 말이 되나요? 거기다 택배는 이명학 씨 앞으로 보냈던데…

요한 신부님이 수령한 이유가 뭐죠?

제가 개명하기 전 이름이 이명학이었습니다.

물론 이것만 가지고는 확신할 수 없었는데

John

한 가지 더 박스 끝 쪽에 John이라는 글자가 작게 써져 있었습니다.

John은 카톨릭에서 요한을 뜻합니다.

제 현재 이름인 이요한을 가리키고 있어 저에게 보냈다고밖엔 생각할 수 없었습니다.

허어, 잠… 잠깐…
그럼 또 뭔가
복잡해지는데…

굴쩍

스윽

그리고
내용물에 대해서도
말씀드리자면

저벅

저벅

봉사가 끝난 뒤
열어봤었는데요…

박스 안에는 형제님이
생각하시는 것처럼

드르르

드르

뒤적

뒤적

마약 같은 불법적인
물건은 없었습니다.

오히려 이상했던 건
그 커다란 상자에
신문지 뭉치들과

으아!!
상쾌하다!

자~! 다시 시동 걸고!
조사를 시작해볼까요?!

시작하긴 뭘 해,
바로 서울 갈 거야.

네?!

그… 그럼 택배는
어쩌구요?

어제 너 퍼질러 잘 때
이미 다 해결 났어.

에에에에?!

다시 찾으러 오겠다?!
피… 피 묻은 단추우?!

왜 이런 게 들어 있어요?!
마… 마약은요?

나도 몰라.

신부님 말로는
마약은 없었고,

딱 그거 하나만
상자 안에 들어 있었대.

네에?
그걸 왜 신부님이
가지고 있었던 거죠?

그리고 이 단추 그거 맞죠?
형석이가 입고 있던 코트에서
사라졌다는…

마약도 없이
딸랑 이 단추만
넣은 거라구요?

이게 그렇게까지
경찰 눈을 피해
전달할 만한 가치가
있다는 걸까요?

하아…

나도 그게 궁금해…
무슨 이유로 그랬는지
전혀 감이 안 잡혀.

택배를 보낸 설강민은
신부님에 대해 모든 조사를
끝마친 뒤

굉장히 복잡하고
불확실한 방법으로
택배를 전달했어.

거기다가
정작 들어 있던 건
알 수 없는 쪽지와

그런데
더 이상한 건

피 묻은 단추뿐.

애초에 이거 하나 넣으려고
방문택배를 신청했다고?
그 커다란 상자에?

20

부피가 큰 물건도 아니라서
빼돌리려 했던 거라면

주머니에 넣고
직접 가지고 가는 게
훨씬 간단했을 텐데

하나도
말이 안 되잖아.

왜 굳이 이런
거추장스러운 방법으로
단추를 빼냈는지
전혀 모르겠어…

일단
지금으로썬

저 피가 누구의 것인지
알아내는 게 먼저야.

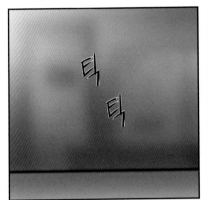

둘째… 날쯤…?
그 사람이 종이
한 장을 주면서

필체 검증을 해야 한다고
말하더라구요…

종이 가운데에
'다시 찾으러 오겠다'
라 정자로 쓰라 그랬고,

별 의심 없이 제가
썼던 걸로 기억해요…

젠장!
혹시나 했는데…

이건 안 쓰는 게
낫겠다…

혹시 사건 당일
있었던 일 중
뭔가 더 생각난 건 없니?

23

그날 기억을 떠올리려고
할 때마다 계속 같은 장면만
떠올라요…

하얀 빛무리에 휩싸여
사람인지도
사물인지도 모르는

알 수 없는
뭔가를 밀쳐내는…

밀쳐내는…?

이젠… 그런 생각마저
들어요…

누가 그랬어요…

아무리 항소를 한다 하더라도
원심을 뒤집는 경우는 거의 없다고…

부들

부들

끽해야…

끽… 크흑… 해야
조금…

팅

지옥

감경될 거라고…

형석아.

턱

크흑

그 사람들이 한 말
모두 틀린 말이야.

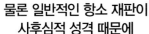

물론 일반적인 항소 재판이
사후심적 성격 때문에

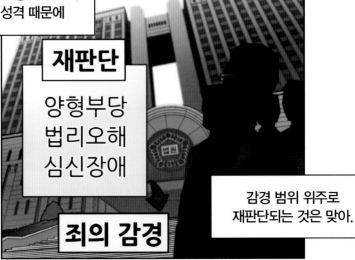

재판단

양형부당
법리오해
심신장애

죄의 감경

감경 범위 위주로
재판단되는 것은 맞아.

하지만 우리의 경우라면
제기된 항소 이유가
재심의 사유에 해당되기 때문에

사실오인

1심 법원이
잘못된 사실을 인정하여
유죄를 선고함

새로운 증거와 사실관계가
얼마든지 원심을
뒤엎을 수 있어.

너를 계속
여기에 머물게 해서…
정말 미안하다…

토닥

토닥

내가 반드시…
널 이렇게 만든
원흉을 찾을 테니…

그때까지만…
조금만 더 참아줘…

타라락 타닥

타다다닥 탁 탁

석두!

푸벅

푸벅

어?! 형님!
오셨습까?!

놀고 있는 거
아니지?!

쯔 우 욱

에이~ 저
할 땐
하는 놈입다~

큭큭.

근데 이거
일이 아주 재밌게
됐는데요?

29

제가 뻥 안 치고 3동 CCTV를 눈깔 빠지게 몇 번씩 반복해서 봤는데요.

장-

지잉-

장-

이 형사, 사건 당일 3동에 들어가지 않았어요. 확실합니다.

거기다가 2동 엘리베이터 CCTV에도 안 찍혔으니 이건 진짜 빼도 박도 할 수 없슴다.

딸각

딸각

반대편에서 사건 현장을 지켜보고 있었다는 증언은 완벽하게 뻥! 이었단 말씀!!

오키, 잘했어. 이 형사 뒷조사 했던 건?

헤헷! 거의 다 됐슴다.

제 생각엔 이 인간 재판 시작하자마자 그대로 침몰할 겁니다.

쓰담 쓰담

좋아, 잘했어~
네 덕분에 1차 방어선은
무조건 뚫을 수 있겠는데?

그거 끝나면
첫 번째 피해자 박성진
주변 인물 조사하라한 것도

이번 재판 들어가기 전에
조사가 끝나야 해.

흑

여부가
있겠습니까?!

걱정 붙들어 매시고,
살펴가십쇼~

뚜벅 뚜벅

굿굿,
수고 좀 더 해줘.

앗!!
그리고 담에 올 땐
치키…!!

꽈당

인…ㅋ

31

시키신 대로
박성진의 주변 인물 대상으로
조사 중인데요.

지난 재판에서
박성진이 형석이의
돈을 갚지 못한 게

살해 동기라고
판정받기도
했었잖아요?

근데 보니깐 박성진이라는 녀석 자체가
전반적으로 평이 나쁜 놈이더라구요.

친구들한테 상습적으로
돈 빌리고 안 갚는다든가.

약점을 잡아서
돈을 뜯어낸다든가 하는
악질적인 짓을 많이 벌였더라구요.

나쁜 새끼네.

부모님 덕에
돈도 많은 놈이, 쯧.

그래서…
박성진한테 당한 녀석들은
좀 만나봤어?

네~ 근데
딱히… 아직까지는.

후음

이번 재판은 박성진 쪽으로
파고 들어가실 생각이세요?

우음

꼭 그렇다기보다는…
여지를 두는 거지, 뭐.

박성진이
사망한 것에 대해서는
우리도 그렇고

검찰 측도 별 언급
없었던 것 알지?

그게 박성진은
시일이 너무 지난 후에
발견됐고,

유기된 사체 부분 때문에
흉기는커녕 사인도
알 수 없었던 것이 크긴 한데

유력한 용의자인 형석이는 처음부터
박성진을 본 적도 없다 했고,

시체 뒤처리를 했을 걸로 추정되는
설강민마저 죽어버려서

이쪽으로 수사를 진행하기엔
완전 무리수가 있었던 거야.

아무튼 이쪽이
접근하긴 어렵지만

뭔가 건수 하나라도 생기면
검찰 뒤통수칠 수 있으니깐.

하긴~ 사실 진작
조사했었어야 했는데

이제야 하는 감도
없잖아 있네요.

일단 내일이 재판이니까
거기까지만 하고…
어?! 잠깐만!

단추 혈흔 분석
끝났대.

정말요?
바로 가죠~?

응… 아… 근데…
네가 가면 안 되냐?
가기 싫은데…

NFS
국립과학수사연구원
National Forensic Service

자기
오랜만이야?

어쩜 그래?
연락 한 번 없고?

제가 일이
좀 많아죠?

옥신

각신

아무리 일이 많아도 그렇지
나랑 자기랑 이 정도
사이밖에 안 돼?

사이고 나발이고
저기 이것 좀 빼고 말하죠?!

엄머 엄머
맞아 그래!

가끔은 강 변호사도
쉬고 그래야지~

쩍

36

아참참!!
마침 내가 영화 티켓이
두 장 생겼는데
우리 자기 시간…

아뇨, 시간 없습니다.
하나도 없습니다.
죽을 때까지요.

좌석 하나로는 부족하셨을 텐데
널찍하게 누워서 보시죠.
안방극장이 따로 없을 겁니다.

치… 자기는 너무 까칠해.

그 얘긴 됐고,
단추에 묻은 혈액
DNA 결과는 어떻게
나왔나요?

물론 까칠한 게
매.력.이.지.만. 말.야.

죽여버릴 거야,
저 여자!

선배,
그러지 마요!!

홍홍홍, 매력뚱어리
같으니라고.

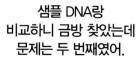
그중에서
먼저 묻은 혈액의 주인공은
첫 번째 피해자인 박성진.

샘플 DNA랑
비교하니 금방 찾았는데
문제는 두 번째였어.

사건 관계자들 중
일치하는 DNA가 하나도
없었는데

전혀
엉뚱한 데서 일치하는
결과가 나왔지 뭐양.

엉뚱한 데서?

자 여기~
자기가 직접 봐봐.

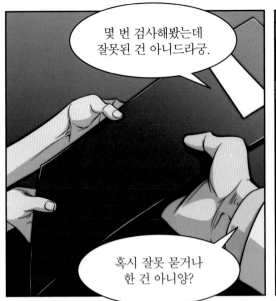

몇 번 검사해봤는데
잘못된 건 아니드라궁.

혹시 잘못 묻거나
한 건 아니양?

누군데 그러는…

깜 짝

에에?!

경악

이… 이건…?

너까지 왜 그래?
줘봐.

진범이라도
나왔…

?!

이게 뭐야…
대체…

FILE.35

서울고등법원
항소심 재판정

증인은 2월 21일 밤,

3동 아파트 입구에서
여자 친구랑 통화를 한 것,
맞습니까?

예, 맞습니다.

제가 그러니까,

9시 43분부터
약 30분 동안
통화를 했었습니다.

혹시 수상한 사람이
아파트로 들어가는 장면을
보시진 못했는지요?

아… 아뇨, 그 시간 동안엔
저희 동으로 들어가는
사람 자체가 없었습니다.

44

혹시 통화 중이라 누군가 들어가는 모습을 놓친 건 아니신가요?

그럴 리 없습니다.

부모님을 기다리는 중이라 계속 주변을 살피고 있었거든요.

재판장님, 이와 같이!

모든 사실관계와 정황들이 한 가지 진실을 가리키고 있습니다!

앞서 이찬석 형사는

오후 10시경부터 3동으로 올라가서 사건 현장을 주시하고 있었다고 증언했지만

정작 3동 엘리베이터와
입구 CCTV에서는

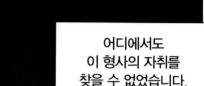

어디에서도
이 형사의 자취를
찾을 수 없었습니다.

이를 바꿔 말하면
사형 판결의 근거가 된
이 형사의 증언 대부분이

거짓이었다는
말이 됩니다!

이에 따라 변호 측은
이찬석 형사를 증인으로
요청하는 바입니다!

이상입니다!

혹시 이찬석 형사가
단순히 들어갔던
건물을 헷갈려서

잘못 진술했을 수도
있지 않나요?

단호하게 말하건데
절대 그럴 일은 없습니다.

46

아파트 구조 상
사건 현장으로 이어지는 복도를
볼 수 있는 다른 건물은

3동 건물이
유일합니다.

그마저도 9층 높이인지라
반드시 일정 높이 이상
올라와야 하기 때문에

3동에 들어간 기록이 없는 지금
기존 증언이 거짓임에는
의심의 여지가 없습니다.

호음…

그렇다면 변호인은 이찬석 형사가
'현장을 감시하고 있었다'는

증언 자체가
거짓이라고 말하는 겁니까?

아~ 그거하고는 조금
어감이 다릅니다.

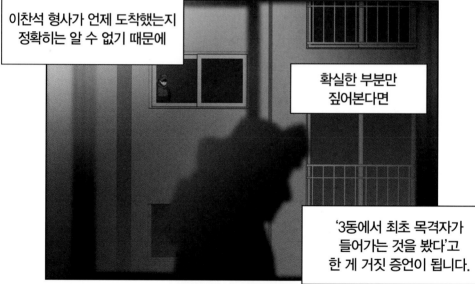

이찬석 형사가 언제 도착했는지
정확히는 알 수 없기 때문에

확실한 부분만
짚어본다면

'3동에서 최초 목격자가
들어가는 것을 봤다'고
한 게 거짓 증언이 됩니다.

굳이 이렇게까지
말씀드리는 이유는

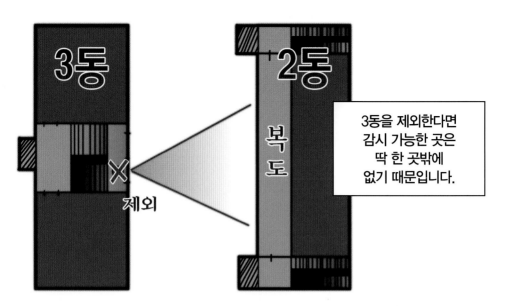

3동을 제외한다면
감시 가능한 곳은
딱 한 곳밖에
없기 때문입니다.

그곳은 바로
사건 현장 복도 끝!

이곳이라면
감시가 가능했단
말입니다.

이의 있습니다!

그렇다면 결과적으로 장소만 달라졌을 뿐 문제없는 것 아닙니까?

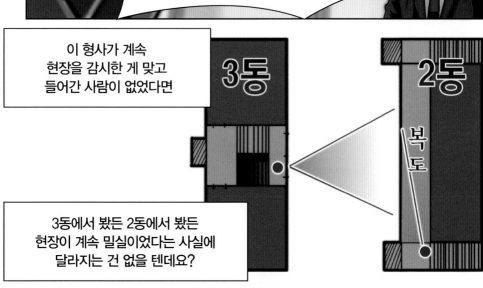

이 형사가 계속 현장을 감시한 게 맞고 들어간 사람이 없었다면

3동

2동

복도

3동에서 봤든 2동에서 봤든 현장이 계속 밀실이었다는 사실에 달라지는 건 없을 텐데요?

아니죠, 아니죠!

위치가 달라지면 가장 중요한 사실이 한 가지 달라지죠.

까딱

까딱

50

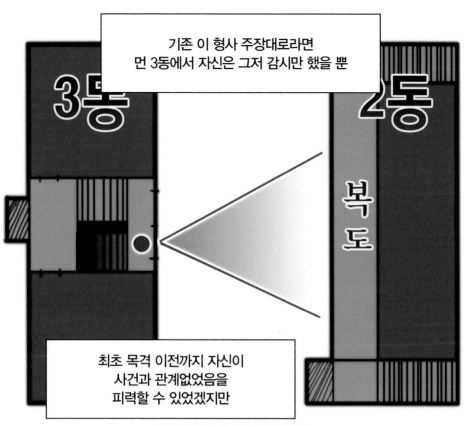

기존 이 형사 주장대로라면
먼 3동에서 자신은 그저 감시만 했을 뿐

최초 목격 이전까지 자신이
사건과 관계없었음을
피력할 수 있었겠지만

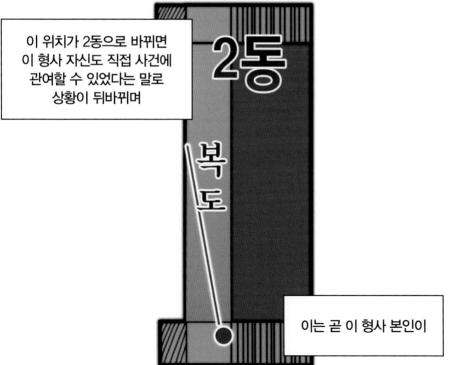

이 위치가 2동으로 바뀌면
이 형사 자신도 직접 사건에
관여할 수 있었다는 말로
상황이 뒤바뀌며

이는 곧 이 형사 본인이

살인을 저질렀을 수도
있단 말이 되니까요!

됐어, 큭큭.

정명 녀석도
조사를 해봤다면

듬뻑

이찬석 형사를
다시 증언대에 앉히는 건
막고 싶었을 걸?

하지만
그건 안 될 말이지,

이딜 감히.

파삭

게다가 이번 재판장이
훨씬 더 우호적이에요~

준비한 대로 진행하면
충분히 승산 있는 것 같아요~!

흥늠~
든츠는 으드게
자 해덜댔쓰여?

후릅

후루릅

다 먹고 말해라,
안 뺏어 먹어.

단추?

그거 대충 스토리
짜맞추긴 했는데…

뭔가 좀…
부족하다는 느낌?

파삭

파삭

부으으으

하지만 그것도
내일 이 형사 신문해보면
어느 정도 가닥 잡힐 거 같아.

잘만 하면
기냥~ 한방에…

돌돌돌돌

척

탓

네, 강수호
변호사입니다.

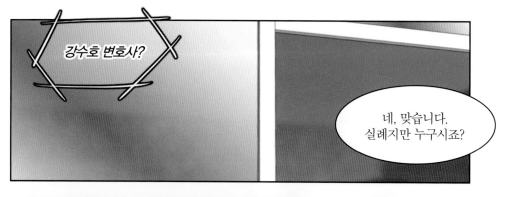

강수호 변호사?

네, 맞습니다.
실례지만 누구시죠?

으음차

!

··· 강수호 변호사.

이제 와서 저를 증인으로 세워봤자··· 아무 이득 없습니다.

증인 신청은 철회하시죠.

형사님 관련해서
이미 조사 다 끝난 상탠데

뭘 믿고 그런 말을
하시는 건지 전혀 감이
안 잡히네요?

참 나, 이딴 얘기 할 줄 알았으면
안 나왔는데 괜히 시간만 날렸네.

흠
차

가보겠습니다.
수고하십쇼.

10… 10억까지는
너무…

다급

하지만 몇천만 원
범위 내에서…

씨발…
기가 차네.

깜짝

휘이이이잉

…

사정은 대충 알고 있어요.
따님이 아프다면서요?

근데 씨발!!

당신 딸만
사람이냐고!!

지 딸자식 새끼 하나 살리자고
개판으로 거짓 증언하고

남의 새끼는 연쇄살인마로
낙인찍혀도 된다, 뭐 이건가?

당신 같은 인간 뻔해!
최악이야!!

애기 끝났습니다.

방금 욕한 건 미안한데
지금 기분 더러우니까

못다 한 우리 인연은
재판에서 이어가도록 하죠.

가… 강 변호사…!!
잠… 잠깐…!

강 변호사…!!

잠깐만!! 일단 내 말을
끝까지 들어봐요!!

그닥, 들을 내용
없어 보이네요.

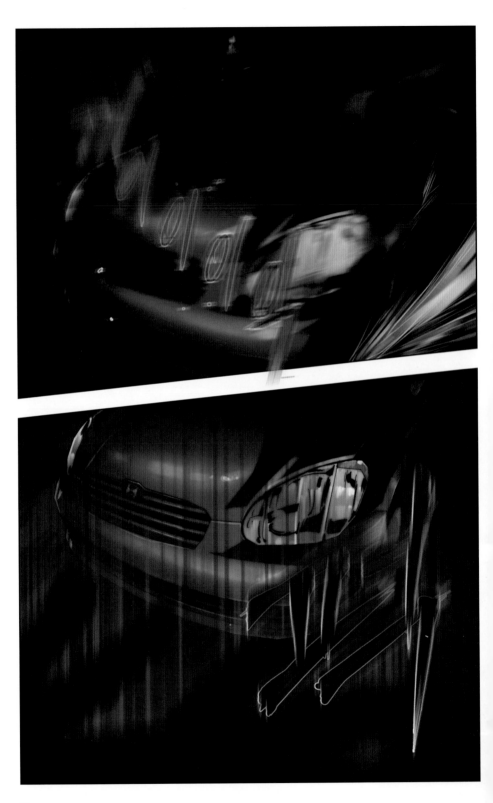

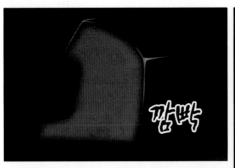

깜빡

흠차

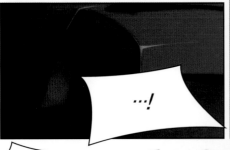

…!

자… 잠깐!!

이봐!!
당장 멈추고…

미친!!!

너!!
빨랑 안 내려?!

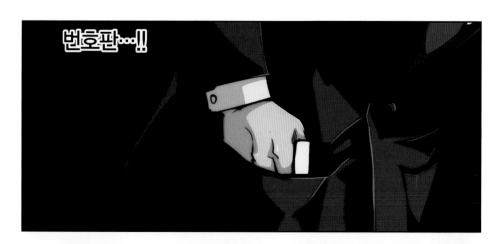

번호판…!!

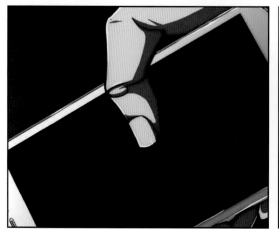

만이라도…!!

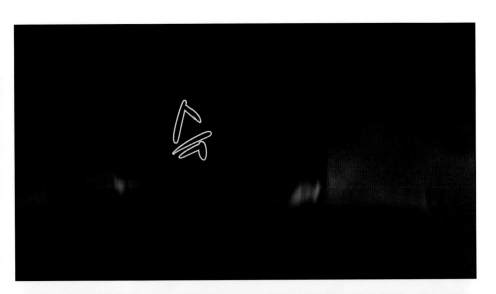

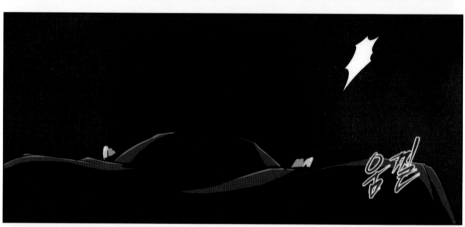

수술실

형니이임~!
이 형사랑 데이트는
잘 끝난 겁니까?

와~ 진짜 형님,
배고플 때 귀신같…

이 형사가
지금 중태에 빠졌어!

벌떡

… 네?!
그… 그게 무슨…

교통사고…

누군가…

누군가가…
이 형사를 노리고
사고를 냈어…

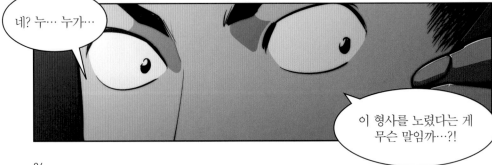

네? 누… 누가…

이 형사를 노렸다는 게
무슨 말임까…?!

… 고의였어…

일부러 차로 받았다고.

가로등도 없어
어두운 밤길에서

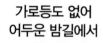

그 차는 라이트도
안 켠 채

전력질주로
이찬석 형사를 받았어.

결정적으로

플래시를 터뜨렸을때

차에 번호판도 없었어.

자… 작정했는데요!!

뭐…야… 그럼?
내일 재판은…?!

그건… 내가
어떻게든 해볼게.

너는…
그거 신경 쓰지 말고

이 형사 받은
그 새끼…

그 새끼 좀 찾아줘.

FILE.36

이찬석 형사는
어제 교통사고를 당해
금일 재판에 출석할 수
없었습니다.

어떻게 하시겠습니까?
변호인?

상관없습니다.

없으면 없는 대로
이 형사의 살해 가능성에 대해
추가 입증을 진행하겠습니다.

이전번에 살해 가능성을
제기한 데는

두 가지 중요 이유가
있었는데요.

가장 중요한 첫 번째 이유는
백혈병에 걸린 이 형사의
딸입니다.

제출한 자료를 보시면
저소득층 지원금을 제하고도

팔락

아시다시피
백혈병은 치료비가
만만찮게 들어가는
귀족 질병 중 하나인데요.

얼마나 큰 금액이
치료비로 필요했는지
알 수 있습니다.

그중에서도
눈에 띄는 점은

딸의 큰 수술을
앞두고

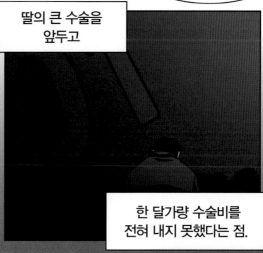

한 달가량 수술비를
전혀 내지 못했다는 점.

사건 발생 이틀 전,
사채를 고려했을 정도의
다급함을 보였지만

결국 어디에서도
돈을 빌리지 않았다는 점.

거액의 수술비를 전액 현금으로
한꺼번에 완납했다는 점입니다.

즉, 이 사실들로 미루어봤을 때
누가 봐도 명백한 사실 하나는

이찬석 형사는
사건 당일 현장에 가서
어떤 일을 함으로써

엄청난 금액의
수술비를 손에
넣었다는 사실이죠.

다음으로 이전번에 진술했던
이찬석 형사의 증언 중

'마약 밀매를 봐주는 부패 경찰이
있다'는 얘기가 나온 적 있었죠?

이를 조사하다 피해자 설강민에 대해

설강민은 살해당하기 약 한 달 전까지

추가로 알게 된 사실들이 있었습니다.

사기와 마약 밀매 혐의로 교도소에 수감돼 있었습니다.

그런데 이 사건… 부패 경찰 리스트를 설강민이 모두 불어버려

공무원 비리로 커다란 파장을 일으켰던 사건이었더군요.

이때 가장 많은 뇌물을 먹은 경찰 두 명은 해임당했고,

상대적으로 덜 먹은 세 명은 감봉이나 정직 등의 징계를 먹었었습니다.

그리고 여기서 감봉을 당했던 부패 경찰 세 명 중 하나가

만약 설강민이
살아 있을 때

이찬석 형사가
현장에 들어가려 했다면

찰컥

찰컥

설강민은
자신이 살해당할 거란
생각도 하지 못한 채

끼이이익

틀림없이

문을 열어줬을 겁니다.

큭!

이의 있습니다!

별 떡

변호인의 말엔 어폐가 있습니다!

검사석

지금까지 설강민에게 받은 뇌물로 수술비를 충당했다면

이 형사 입장에선 설강민을 살려둬야

꾸준하게 치료비를 받을 수 있는 형국이 되죠!!

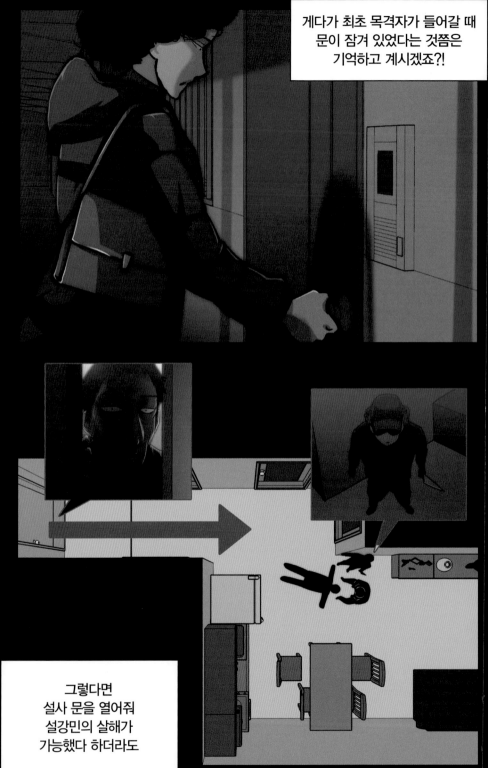

하나뿐인 열쇠는 피고인이 입었던
코트 주머니에 들어 있었기에

이 형사가 빠져나갈 때
현장을 잠그고 나오는 것은
불가능했단 말입니다!!

아니죠, 아니죠~

최초 발견 시 밀실이었다는 걸로
트집 잡으시려나 본데

이찬석 형사가 최초 발견 이전에
현장에 들어갔다면

나머지는 모두 간단히
설명이 가능한 일인걸요?

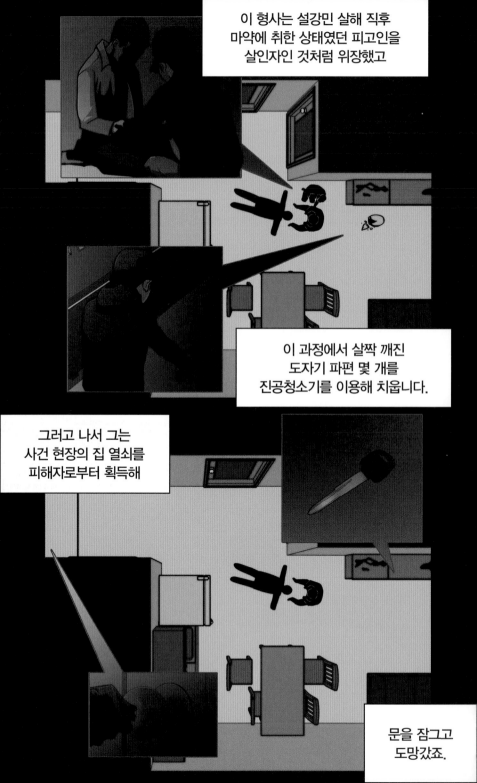

이후 얘기는
이 형사의 증언과
동일합니다만

한 가지
다른 점이라면

최초 목격자와의 만남 이후
도자기를 가지고 나올 때

가지고 있던 열쇠를
형석이의 코트에 넣어

다시 문을 잠가둘
필요가 없었으므로

현장이
밀실이었던 것처럼
보이게 만든 거죠.

다음으로 이찬석 형사의
살해 동기에 대해서
말씀드리자면

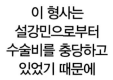
이 형사는
설강민으로부터
수술비를 충당하고
있었기 때문에

단순히 이것만 놓고 본다면
살해할 이유는 없었겠죠?

하지만 누군가가

이찬석 형사의
뇌물 수수 혐의를
알아차렸다면

얘기는 달라지죠.

이 형사는 이미 한 차례
뇌물 수수 혐의로
징계를 받은 적이 있기에

또다시 이런 거금의
뇌물 수수 정황이 포착된다면
파면을 피할 수 없을 테죠?

즉 이러한 사실을
알고 있던 사람이

이찬석 형사의
약점을 잡고 협박하면서

거기에 살해 대가로
거액의 수술비를
주겠다고 하면

얼마든지 이 형사가
살인을 저지르도록
유도가 가능했단 뜻…!

잠깐! 잠깐!

방금 그 주장은
이를테면

제3의 인물이 설강민을 살해하도록
사주했다는 건가요?

그렇습니다.

꾸덕

몇 가지 사실들을 묶어서
생각하면 이렇게밖에
생각할 수 없습니다!

흐음…

상당 부분이 결국
추측에 지나지 않습니다.

일단 여기서 몇 가지만
짚고 넘어갔으면 하는데…

지금 변호인의 주장은
분명 정황상 맞아떨어지는
부분이 있는 건 사실이나,

따라서 변호인은
이 이상 사건의 새로운 부분을
말하기보다는

지금까지의 주장에 대한
합당한 증거 제시가
앞서야 할 것입니다!

**그럼 변호인에게
묻겠습니다!**

이 형사가
피해자 설강민을 살해하도록
사주한 사람이 있다!

이를 입증할 수 있는
증거는 무엇입니까?!

사실 변호 측은

뒤적

뒤적

며칠 전에 새로운
증거를 하나 찾아냈습니다.

여기엔 혈흔이
묻어 있었는데

국과수 감식 결과
흥미로운 결과가
나왔더군요.

이 증거는
사건 당일

코트에서 사라진
단추로!!

여기엔 놀랍게도
첫 번째 피해자
박성진의 피와

…?

전혀 생각지도 못한
다른 인물의 피가
묻어 있었습니다.

이에 따라 변호 측은
사건 뒤에 숨겨진 일들이
더 있을 거라 생각했으며

여기에 피를 묻힌 인물이
사건의 배후에 있었을 거라
추리하게 된 겁니다.

이 혈액이 가리키는
주인공은 바로!

변호인!!

결과가 잘못된 것 아닙니까?

사건 당일이라면 정 검사가 사건을 담당하기도 전인데…

…

아니요. 이건 국과수에 확인한 정확한 정보입니다!

이 사실이 조작될 수 없는 이유는

이 단추가 사건 당일 배송됐던
택배에서 나왔기 때문입니다!

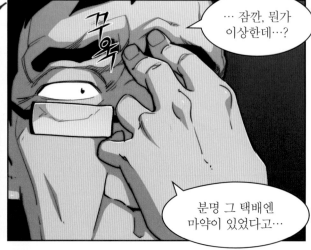

… 잠깐, 뭔가
이상한데…?

분명 그 택배엔
마약이 있었다고…

지금 제출하는
자료를 봐주시겠습니까?!

사실 저도 마약이
있었을 거라 생각하고
있었지만

이번에 했던 조사 결과 놀랍게도

팔락

팔락

그 커다란 상자엔 이 단추만 달랑 들어 있었습니다.

움찔

검사!!

왝

이게 어떻게 된 일입니까?

어째서 사라진 증거에 정 검사의 혈액이 묻어 있었던 겁니까?!

그렇다면 정말로
설강민에게
살인을 사주한 인물이…

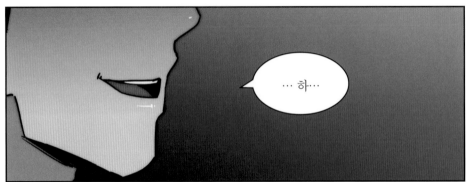

… 하…

하하…
하하하하!!

하하하하!!

검 사 석

하하하하!!

움짜

하하?
크크크크…

크크크…

변호인… 크큭.

하…
지금… 그 말…

하! 좋습니다!

그렇다면 묻겠습니다.

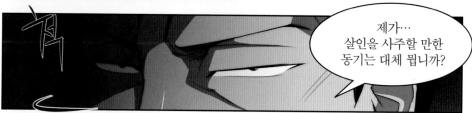

제가…
살인을 사주할 만한
동기는 대체 뭡니까?

단추에서 박성진의 피와
검사님 혈액이 같이
검출된 것으로 봐선

아마도 검사님이
박성진 살해와 관련해
불리한 관계에 있기에…

117

모른단 말씀이시네요.

검 사 석

그럼, 다음!!

현장에서 사라진 택배에 단추만 달랑 들어 있었다고 하셨는데

그걸 증명하는 증거는 어디 있죠?!

그것은 단추를 보관하고 있던 신부님이…

없군요!!

그럼 그것 역시 입증할 수 없다는 얘기네요!

그… 그렇지 않습니다!!

택배를 보관한 신부님을 증인으로 신청하면…!!

택배를 보관했던 증인?

그럴 필요 전혀!! 없습니다!! 왜냐하면!!

증거물품을
정리하던 중

엊그제에서야
보관실에서
찾아냈습니다!!

여기에는
피해자 설강민의 피가
묻어 있었으며!!

국과수 감식 결과
코트에서 뜯겨 나간
실밥의 단면이 정확히
일치하고 있었습니다!!

따라서!!

변호인이 제시한
저 증거는!!

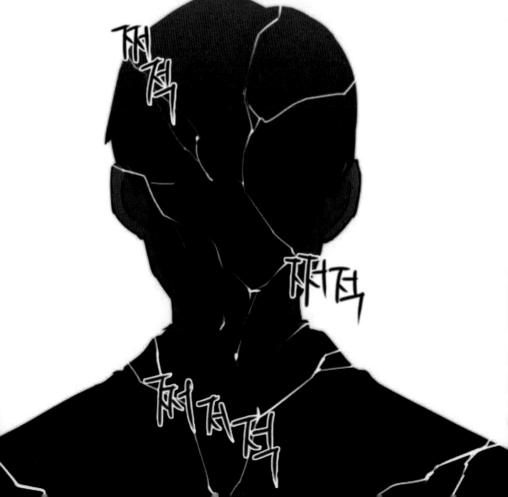

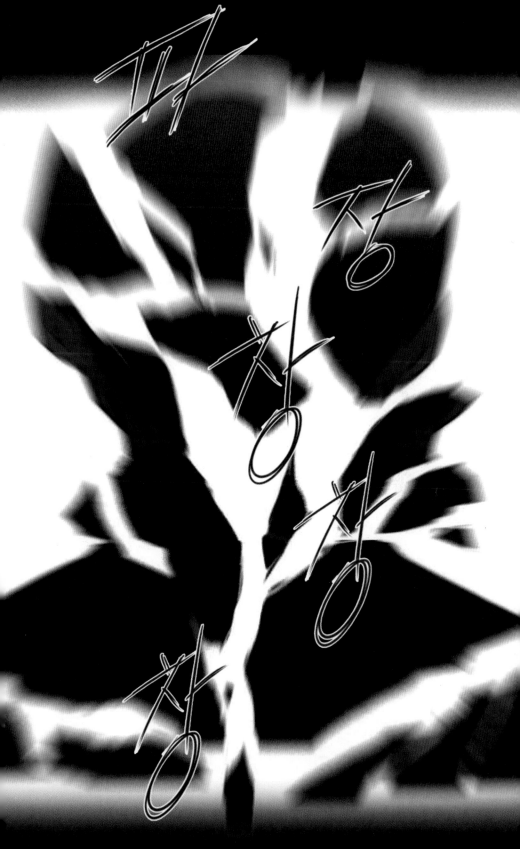

FILE.37

푸흐흐흐하하핫!!

날조라니!
흐하핫!

그건 정검이 생각해도
완전 오바 맞지?

맞습니다.
엔간히 속 좀
탔나 봅니다.

뭐 어찌 됐든
재판은 여기서 끝났다고
봐도 될 것 같습니다.

기지?
여기서 뭘 더 하겠어?
흐흐핫.

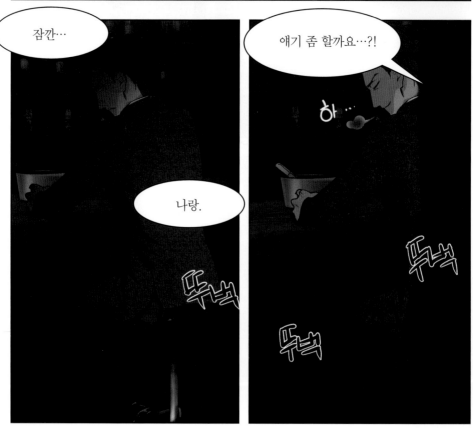

말… 똑바로… 해라…

네가 증거 날조한 거잖아…!

하!

막 나가는 줄은 알았지만 아주 막장이네?!

이봐, 강 변호사. 당신 말야.

무슨 수로 내 피를 얻었는지는 모르겠지만 소설을 써도 정도껏 썼어야지?

내 말이~ 담당 검사를 범인으로 지목하려 하다니, 나 참.

더러운 짓을 한 게 누군데 오히려 적반하장인가?

거기에 이렇게 무례하…

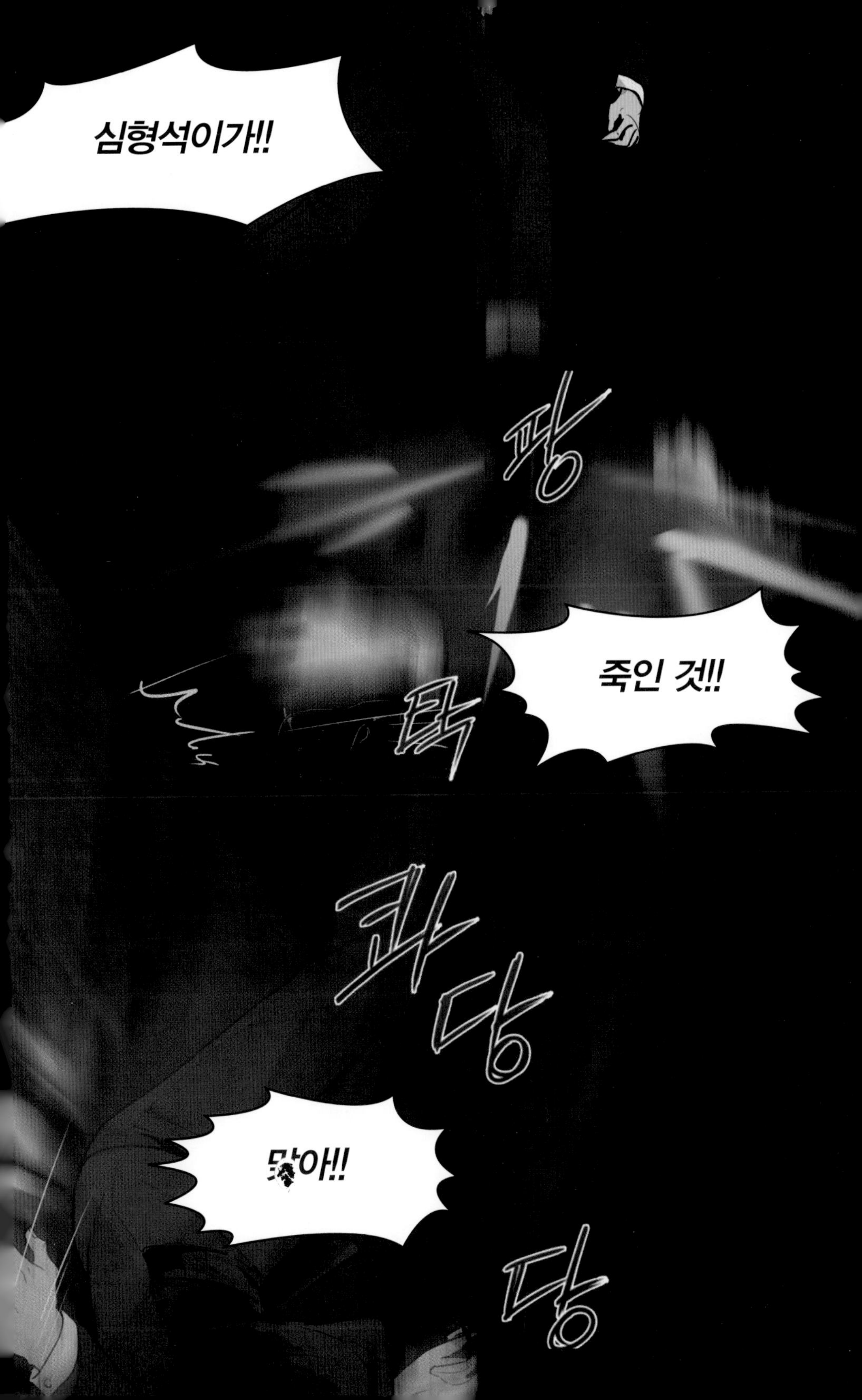
심형석이가!!
팡
죽인 것!!
탁
콰당
맞아!!
당

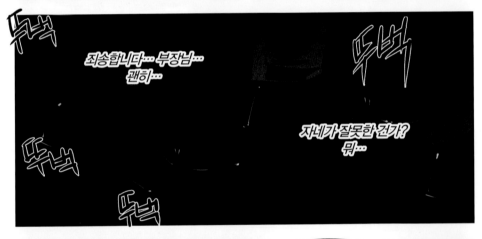

다시 한 번
잘 생각해봐.

범인이라고
증거랑 증인 다 갖다
보여주고 있는데

자기 생각에만 빠져
현실을 부정하는
외골수가 누군지.

크으윽...

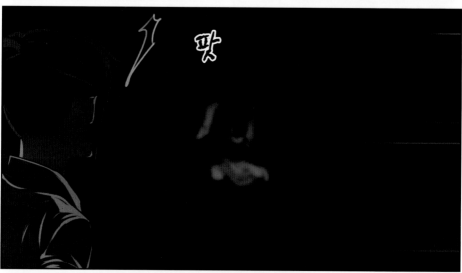

선배!

여태 여기
계신 거였어요?

어…? 기메연?

느가… 여긴
어케 알고 왔냐?

어우!
술 냄새?!

대체 얼마나
마신 거예요?!

일르 와.
여기 앉아.

너두 온 김에
한잔해.

143

모해애~?
빨랑 안 앉고.

하아…

됐어요…
얼른 일어나요.

어어?
너 이거 놔라?!

탁

취했어요.

집까지 데려다
드릴 테니 어서…

이거 안 놔?!

퍼

왜…
왜 이래요, 진짜?!

저 선배가 이러는 거
처음 봐요!

쿠쿠.

들썩

들썩

뭐 어때.

다 끝났는데.

끝나다니요?
아직 재판 안 끝났어요!

끝났어.

그 새끼가
죽였다고…

그거 알아?

내가 처음 사건 맡을 때부터
얼마나 불안해했는지?

스윽

사실 내가 죽였다.

오싹

선배!! 지금 그게 무슨
말씀이세요?!

형석이는 분명
안 죽였을 거라구요!!

탕

여태 그걸 믿고 수사해왔고,
그 결과 지금 서서히
그런 증거들이 나오고 있잖아요!

집어치워.
심백기도 똑같았어.

다 지가 안 했다고
그랬었지.

죽어도 지는…
잘못 없다고…

심…백기…?

그… 그게
무슨 말이에요…?

아~ 맞다.
넌 아직 몰랐지?

심백기…
그 사람은 말야…

형석이 아빠이자…
나의 매형.

그리고.

내가 죽인 사람.

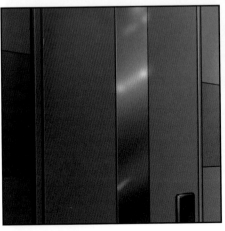

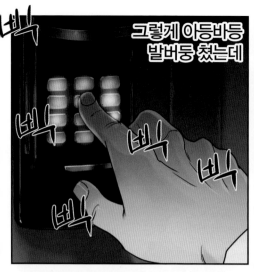

그렇게 아등바등
발버둥 쳤는데

사건 해결은커녕

변호사에서
잘릴 지경에 있다는 게.

씨발…

할 수 있어요!!

선배는…!

선배는 지금껏
그렇게 어려운 상황에서도
기죽지 않고

판세를 뒤집어
오셨잖아요!

이제 난 변호사도 아닌데!!

나보고 뭘 어쩌라고!!

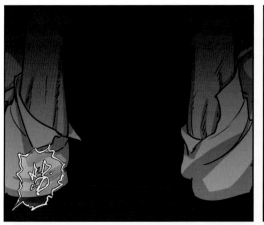

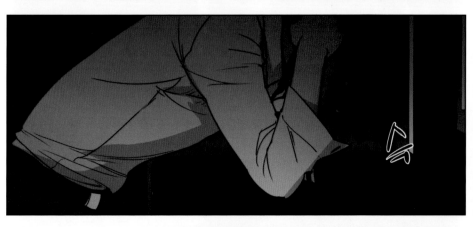

누군가를
믿지 못하는 건
너무 불행하잖아요.

그러니까 저는
쪼금 바보 같아 보이긴 해도
그냥 믿고 살려구요.

스으읍

FILE.38

푸욱

하아…

여기 이 집이
거기예요?

저벅

저벅

새댁은 이쪽으로
잘 안 다닌다 했으니
저 집 처음 보지?

저 집이 글쎄~
귀신 들린 집이야!

저벅

저벅

저벅

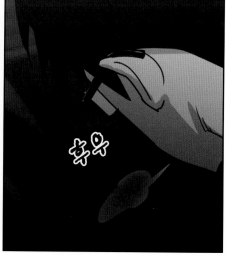

누나는 수술받으러
갔나 보네?

… 여긴 어떻게 알고
왔어?

…

형석이한테 물어봐서
알게 됐어요…

왜 말
안 하셨어요…?

형석이가 선배
조카라는 거.

하아…

쑥

털썩

그랬구나…

피식

굳이 말할 필요 없으니까.
그리고 다들 어느 정도
눈치로 알 거라 생각했었으니까.

내가 눈치가 없어서
몰랐던 거구나…

…

…

하나만 더
물어봐도 돼요?

선배가
어제 말한 거…

선배가… 형석이 아버지를
죽였다는… 건…

무슨 뜻이에요…?

…

처음 변호사가 됐던 무렵
누나가 나를 찾아왔던 적이 있었어.

매형이 조금 큰
민사소송에 휘말리게 됐는데
이 사건을 좀 봐달라고…

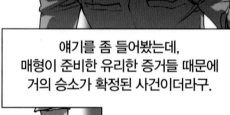

얘기를 좀 들어봤는데,
매형이 준비한 유리한 증거들 때문에
거의 승소가 확정된 사건이더라구.

기세 좋게 사건을 받았었지.

그런데… 문제가 생겼어.

조사 과정에서
결백함을 주장했던
매형의 추악한 비리를
내가 알게 된 거야.

그런 사실을 납득할 수 없었던 나는 매형을 찾아가 따졌어.

티
밥

그래!

그건 분명히
내가 한 거지만
니가 말하는 그건!!

티

결과는 대패…

매형은 자신이 떠맡지 않을
부분까지 떠맡아버려서

엄청난 빚이 생겨버렸고,

압박감을 견디다 못해
결국

자살했어.

그럼… 선배가 죽였다는 게…

그래…

결국 뭐…

내가 죽인 거나 마찬가지지.

원래도 누나랑은 터울이 있어서 그렇게 친하지 않았는데…

이 사건을 계기로

완전히 갈라서게 됐지.

이런 껄끄러운 관계 때문에

형석이도 재판 날 다 돼서야
나한테 연락을 했었던 거야.

사실… 이 사건을
맡은 이유는
매형에 대한 죄책감…

그걸 형석이를 통해
만회하고자 하는 욕심이 컸어.

그랬는데…
큭큭.

일은 점점 더 꼬이기만 하고,

또다시 말도 안 되는 일이 생겨
벼랑 끝까지 내몰리니까

화가 나기 시작하더라…

왜…

이런 말도 안 되는
일들 때문에

모두 잃어버려야 하는

내가 노력으로
이룩한 부분까지

그런 상황에 떨어진 건지.

그게 너무 억울하고

화가 났던 거야.

… 그랬구나.

어젠 미안했다.

… 혜연아, 부탁 하나만 해도 될까?

나 대신 형석이 변호를 맡아줘.

자… 잠깐만요!!

전… 아직 수습이고 경험도 없는데 이런 큰 사건을…!!

어제 재판 끝나자마자 임시 정직 처분 먹었어.

변호사협회 꼰대들이 정확한 정황 확인될 때까지 잠이나 자라고 하더라구.

하… 하지만 그 단추는…

물론~ 내가 날조한 게 아니지만
세상은 원래 결과를 중요시하거든.

아무리 엿 같은 현실이라도
외면해선 안 되는 순간이
있기 마련이지.

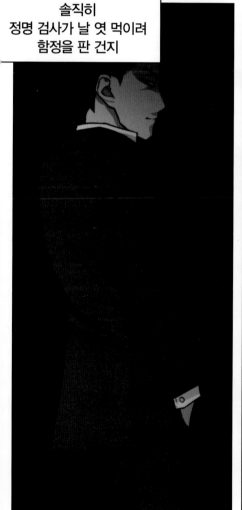

솔직히
정명 검사가 날 엿 먹이려
함정을 판 건지

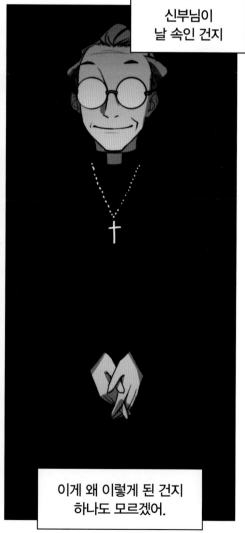

신부님이
날 속인 건지

이게 왜 이렇게 된 건지
하나도 모르겠어.

그런데 그걸로
내가 떼를 쓴다고 해서
달라질 것도 없고,

혹시나 내가 어찌어찌
날조가 아님을 증명한다 해도
그 전에 재판이 끝나겠지.

그런데 재판은
여기서 한 번 더 넘어가면
진짜 끝이거든.

그런 걸 원하지는
않을 것 아냐?

그치만… 선배도 없이
제가 잘할 수 있을까요…?

제가 잘못하면 형석이는
그대로 끝나는 거잖아요…!!

어제 곰곰이
생각해보니까 말야.

내 인생에서 일어났던 일이
잘 풀렸던 적은 별로…

아니,
거의 없었던 것 같아.

그때마다 '다 잘될 거야'
라고 되뇌며

스스로 위안을
삼았었는데

아무리 간절하게 빌고 그래도

안 되는 건 안 되는 거더라.

그때부터 난

'다 잘될 거야'라는 말을
믿지 않기 시작했어.

그 대신 이렇게 다짐했어.

내가 다 잘되게
만들 거야.

나같이 불행한 녀석은

운이나 기적을 바라지 말고

끝까지 최선을 다하자.

내가 최선을 다해
진범을 찾아볼게.

그러니까

그때까지만이라도 나를 믿고

최선을 다해
형석이 변호를 맡아줘라.

넌 분명

잘해낼 수 있을 거야.

흐음~

향기 좋다.

FILE.39

저기요, 잠시만 말 좀 물을게요.

최철민 학생을 찾고 있는데요? 지금 와 있나요?

북적

북적

철민이요? 아직 안 왔는데…?

아… 철민 학생이 여기서 강의 듣는 거는 맞긴 하죠?

북적

북적

북적

네~ 근데 걔 맨날 지각하거나 대출해서 안 올 수도 있어요~

아마 전화를 해보시는 게
빠를 것 같은…

북적

어?

북적

터덜

터덜

웬일이래?

북적

북적

저기,
저기 왔네요~!

막걸리랑 여거랑
섞어 마셨더니
아주 뒈지겠네…

왜

네…?
어디…?

터덜

터덜

저기 말미잘 머리가
철민이에요~

아~ 말미잘
머리…

어?!

넌…?!

응?

이야~
세상 정말 좁다?

정 검사가 박성진 친구 중에
마약쟁이가 있다고 하더니만
그게 너였냐?

대단하다아~
대단해?

안에서 새는 바가지는
글로벌하게 샌다더니
그 말이 딱 맞네?! 큭큭큭.

아! 씨!

사람 불러놓고 졸라 비꼬네?!

이따구로 할 거면 나 그냥 가는 수가 있어?

그러든가?

꿀꺽

꿀꺽

꿀꺽

그럼 난 사무실 가는 대로

지난번에 네가 박 원장님 공갈 깐 거랑 무고죄 명예훼손까지 합쳐 고소장이나 써야겠다.

크으으으… 씨…

아유 씨발!! 내 더러워서 증말!!

보소!!

나 남자랑 이런 데서 오래 마주 보고 있기 싫으니까 빨빨 용건만 말하슈?

오키, 잘 생각했어.

너 속 안 좋대서 해장국까지 시켜줬는데 요건 먹고 가야지? 그치?

딱 요것만 먹고 우린 빠이빠이 하자구.

남은 시간이 얼마 없으니 빨리빨리 진도 나가볼까?

차르륵

어디 보자아~

검사 말로는 박성진이랑 같이 마약 파티 간 적 있담서?

아유 씨…

그거 벌써 2년 전 얘기유. 그놈이랑 같이 교환학생 간 적 있었는데

호기심에 잠깐 했던 거지, 뭐 중독이나 그런 거 아니니깐 오해 마슈.

허어~ 근데 너 한국 와서도 마약했담서?

그건 뭔데?

것도 박성진하고 같이 한 거냐?

194

그때 그건
미국서 쫌 꽁쳐놨던 거…

달그락

한 번씩 몰래 하려고
했던 거였는데
재수 없어 걸린 거유.

찌잉익

그리고 박성진
그 새끼는 뒈지기
한참 전부터

와응래
읍쓰스드!

졸라… 쩝쩝.

싸가지 없어서
쌩 깠거든.

후르릅

그냐? 그나마
네가 젤 친했다고 들었는데?
사이가 안 좋아진
이유라도 있나?

이유가 뭐 있갔수?
성격이 그지 같으니깐
그렇지?

하?

너도 성격
그지 같잖아?

차 박고 공갈 협박이나
하는 놈이…?

짜증

아 씨!! 쫌!
거 그만 좀
우려먹으슈!

쾅

그 영감탱이 때문에
중요한 전화 못 받아서
엄청 빡쳐서 좀
그랬던 것뿐이유!!

어허~ 열 내지 마아~? 스마트폰이면 전화번호 다 찍히는데 나중에 전화해도 됐던 건 사실이잖아?

꿀꺽

그때 이후로 한동안 전화 통화를 할 수 없어서 빡친 거유.

꿀꺽

됐수?!

누구? 크큭. 여친한테 이별 통보라도 왔었냐?

스윽

끼 부리지 마슈.

아삭—

아사삭

아사삭

씨벌… 이거나 저거나 하여튼 박성진 그 새끼랑 얽히면 다 이 지랄이야 원…

크큭,
아니 뭐
그냥~

그건 박성진 녀석이랑은
관계없는 일이유.

너 같은
양아치랑도 친하게
지내는 착한 녀석이

한동안
연락 두절된 적 있다니깐
그냥 걱정돼서 그렇지.

알아, 알아~
내가 말했잖아
별 뜻 없다고~

그냥 박성진 주변 사람들
얘기 좀 들어보고 싶어서
그러는 것뿐이라니깐?

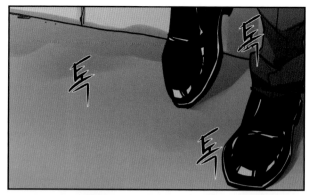

저…

강수호…
변호사님?

스윽

아, 최성욱 학생?

뿍 적

네, 안녕하세요…

뿍 적

안녕하세요,
철민 학생한테는
얘기 들으셨죠?

뿍 적

뿍 적

뿍 적

대략적으로…요.

뿍 적

그런데 성진이랑은
별로 안 친해서
도움이 될까 모르겠네요.

괜찮습니다~
바쁘시겠지만
음료 한잔할 정도
시간만 주시겠어요?

간단하게
몇 가지만 질문 드리고
빨리 사라질게요.

네네,
알겠습니다.

시간이 별로 없으니
바로바로 물어볼게요~

먼저 물어볼 게
2월 14일,
철민 학생이
교통사고를 당했던 밤
기억하시죠?

철민 학생 말로는

사고가 나는 바람에
성욱 학생에게 온 연락을
못 받았었는데…

그 이후로
한동안 연락이
안 됐었다더군요?

무슨 일 때문에
그랬던 거죠?

아아~ 그거요?
그건 별게 아니라

제가
외국 나가기 직전이라
연락했었는데

철민이가 안 받아서
그냥 출국했던 거예요.

안 그래도 갔다 와서
철민이가 저한테도
막 뭐라 하더라구요.

왜 갑자기
그렇게 가버렸냐고.

201

사실 그게 궁금했던 건데요.

딸칵

갑자기라는 건 예정에 없던 출국이었단 말인가요?

아뇨 아뇨, 그래도 틈이 조금은 있었는데 그전엔 깜빡해서 말을 못 했었거든요…

꾹

그리고 그날 전화했던 것도 다음 날 새벽 비행기라 미리 연락했던 건데

덜컹

덜커덩

그마저도 철민이가 사고 나서 말도 못 하고 갔던 거구요.

그럼 당시에 박성진과 뭐 안 좋은 일이 있거나

사이가 확 틀어진 일 같은 건 없었나요?

덜컹

음…

척?

아뇨? 딱히 없어요.

성진이랑은 새내기 때 잠깐 말고는 거의 같이 다닌 적이 없거든요.

치익

202

그러다 보니 안 친해서 따로 얘기할 일도 별로 없었고

과 모임 때 빼고는 별로 볼 일도 없었어요.

그 말대로라면 사건 전 몇 주간은 계속 방학 기간이었으니

박성진을 따로 만날 일은 없었겠네요?

저벅

저벅   저벅

네, 그럼…

아!

아뇨,

만난 적이 있긴 있었어요.

…!

그건 언제죠?

스윽

그게 2월 초쯤에 했던 새내기 대면식 때가 맞을 거예요.

털썩

제가 과 학생회장이라 대면식 끝나고 뒷정리하는데

누가 휴대폰 흘리고 간 게 있었어요.

수거해서 보니까 성진이 녀석 것이더라고요.

다음 날 성진이가 연락했었는데
그날은 시간이 안 맞아서 그 다음 날
약속 나가는 길에 만나기로 했었어요.

그때 잠깐 만나서
휴대폰을 돌려준 적이
한 번 있었네요.

오호, 근데 그게 끝?
뭐 다른 일은 없었구요?

으음…
다른 일이요…?

그… 글쎄요…

네에… 역시
딱히 없는 것 같아요.

휴대폰만 주고
바로 헤어졌어요.
다른 일이 있을 만한
건덕지는 없네요…

허어… 그래요?
그래도 왜 그런 거
있잖아요?

핸드폰 찾아줘서
고맙다…든가.
밥 한번 쏘겠단
정도는…

하하…
아까도 말씀드렸듯
별로 안 친해서…

그럼 혹시 만난 장소는
어딘지 기억나시나요?

장소요? 글쎄요?
딱히 장소랄 게 없는데…

204

그냥 저 약속 나가는 중이라 역으로 가는 길목에서 만나 쳤던 걸로 기억해요.

그랬군요.
얘기 잘 들었습니다.
이 정도면 되겠네요.

바쁘신데
시간 내주셔서
감사했습니다.

다음에 법률 상담
필요하시면 언제든
연락 주세요~

아, 네네.

네네.

왜일까…?

분명 아무런 문제
없는 것 같은데…

왜 이렇게

기분이 더럽지?

FILE.40

하지만 형님.

그 뺑소니 차량

형님이 그때···
바로 신고했었을 때

경찰도 못 잡았었구요···

번호판도 없고,

CCTV에도
안 잡혀서

어디로 갔는지도
모르는데···?

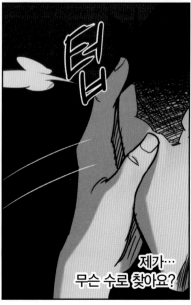

제가···
무슨 수로 찾아요?

어렵게
생각할 것 없어.

번호판을 떼어냈든 가렸든
번호판 없이 주행하는 것은
절대적인 불법행위야.

거기에 피까지 묻었으니
당장 그 순간을 모면하기엔
괜찮을 수 있었을지 몰라도

누구에게라도
신고당할 수 있는
위험을 스스로
안게 되는 거지.

그렇다면 녀석이
할 수 있는 일은 뻔해.
내가 경찰에 신고했으니

피 묻고 번호판도 없는 차로
멀리 갈 수도 없었을 테니

재정비 촉진지구

공사장

공사장

재정비 촉진지구

공사장

공사장

CCTV가 있는 교차로 쪽으로는
갈 수가 없었을 거고,

뺑소니 사고 현장에서
가까운 옆길 중 하나로 빠져

차에 묻은 피를 닦고,

번호판 원상 복구하는
작업부터 했을 거야.

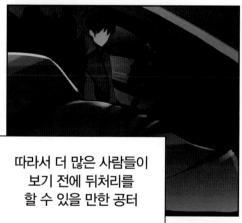

따라서 더 많은 사람들이
보기 전에 뒤처리를
할 수 있을 만한 공터

혹은 골목길 초입과
골목길 끝.

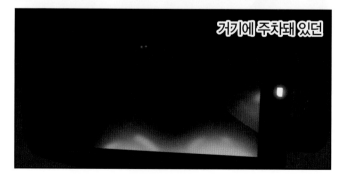

거기에 주차돼 있던

없던 번호판이

어떤 번호판으로
나가는지만

확인할 수 있으면

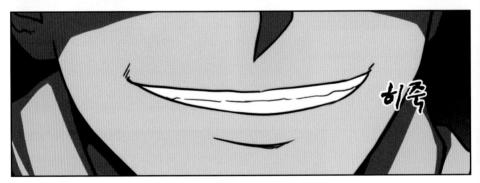

히죽

수호 형님.

형님이
짱입니다…

숨바꼭질은

거기서
끝날 거야.

아니!!

그게 무슨
말임까?!

이걸론 혐의 입증이
안 된다구요?!

제가 찾은 영상
두 개 다 보신 거 맞죠?

골목 입구에서 번호판
없는 차 한 대 들어가고

시간 꽤 지난 다음에
몇 블록 떨어진 골목 끝에서
같은 차종이 빠져나갔잖아요?!

아놔… 그러니까아~

막말로 번호판 없는
저 차가 다른 쪽으로
빠져나갔을 수도 있고

번호판 달고 있는 장면을
찾은 것도 아니고

이짝저짝에서
같은 차종이 지나간 영상 가지고
뭘 어떻게 하란 거요.

그냥 같은 차종이
나중에 거길 지나갔을
수도 있잖아요.

그 차 거의
2005년~2007년식 구형인데
그게 흔합니까?

100% 그게
그 차 맞다니까요?!

거기선 흔해요.

거기 골목 다 그런 차들
타고 다녀요.

뻑

뻑

아후!
씨!!

됐고!

차주 연락처랑
집 주소 좀 가르쳐주세요.

트
드
득

내가 직접 가서
말 좀 해보게…

차적 조회 사항은
일반인한테 못 가르쳐드립니다.

단호

탑—

타박

타박

어디 보자…

여기… 이쪽인가…

두리번

두리번

아니… 한 블록
더 가야 하나?

차적 조회로 알아낸
주소지대로라면

분명…

타박

이쯤이

타박

타박

맞는…

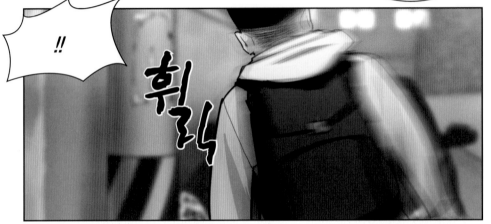

!!

휙
릭

예쓰…!!

에이 씨…

아니야…

저 범인 놈
집이 저기니깐

이쪽 근처에서
잠복하는 게
좋을 것 같은데…

형님은 좀 더 쉬시게 하고
그때까지 좀 더
자세히 조사해놓자.

차를 끌고
오는 게
나으려나…

222

아니야.

잠복이 길어지면
밥도 먹어야 하고
용변도 해결해야 하는데

괜히 왔다 갔다 하다가
반대로 내가 걸릴지도 몰라…

어디… 괜찮은
장소가…

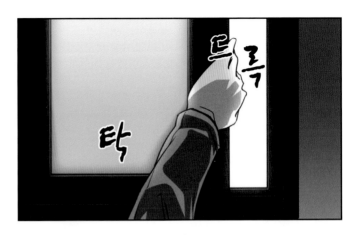

오키.

이건 여기에
이렇게…

어디 보자…

그러며언~

요 근처로
요 정도 크기만큼

움직이는 게 있으면
자동 저장되도록
해놓으면~ 끝.

이러면
내가 깜빡 딴 거 하다
놓칠 일도 없고…

일단 이 고시텔,
하루하루 계약이
가능하니깐

2, 3일 정도 머물다가
타이밍 봐서…

여보세요~!
동성이 형님?

땡큐!
형님 땜에
찾았습다!!

수색영장은?
그건 알아봤수?!

이 또라이 놈아!
수색 영장이 무슨
뽑으면 나오는
티켓인줄 아냐?

삑

야, 것보다 너 아까
차적 조회 해달라 했던 거

그거 아깐 바빠서
제대로 못 봤었는데
거 쫌 이상하던데?

너 똑바로 말해!
뺑소니 조사하려고
한 거 맞아?

차적 조회해달라고 한 건
뺑소니 때문 맞아요!

담당 서에서
증거 불충분으로 이놈 고소가
안 되니깐 그런 거예요~

226

이놈이 뺑소니범에 제가 그때 말한 살인 사건 용의자인 게 거의 확실한데…

형님, 이게 병신같이 들릴진 몰라도 전 지금 아주 중요한 기로에 있는…

거의 확실? 증거 있어?!

그러니까 그거 찾으려구 수색영장 좀 발부받아서 저놈 본거지 좀 조사하자는 거 아님까?!

니미 지랄이 돌비 써라운드구먼!!

너 완전 잘못 짚었으니 삽질 그만하고 가서 잠이나 자, 임마!

형님! 진짜예요! 제가 증거 찾고 다시 말씀드릴테니…

이 새끼가 그래도? 잘 들어, 임마!

FILE.41

그거 벌써
한 달도 더 됐고,

약속 나가는 길에
스치듯 줬던 거라

정확히 어디에서 만났었는진 기억이 나질 않네요.

그냥 저 약속 나가는 중이라 역으로 가는 길목에서 만나 줬던 걸로 기억해요.

후우…

하아…

그냥 저
약속 나가는 중이라
역으로 가는 길목에서
만나 줬던 걸로
기억해요.

잃어버린 핸드폰
돌려주러 간다며…?

상대방과 엇갈리지 않으려면

둘이 알 수 있는
정확한 명칭이나

특정 상호 근처 같은
확실한 곳으로
장소를 정해야 하는 것 아닌가?

물론 시간이 지나 헷갈리거나
기억이 안 날 순 있지만,

역으로 나가는 길목에서 준 걸
정확히 기억하고 있다면
대략적으로 알 수 있지 않나?

젠장…!!

아닌가?

내가 그냥 너무 민감하게 받아들이고 있는 건가?

한순간 느꼈던 위화감 때문에 너무 의심하고 있는 건가?

어딘가 CCTV가 남아 있다면 확인을 해야 직성이 풀릴 것 같은데…

정확히 어디서 만난지도 모르겠고, 날짜도 불확실하고…

대체 뭘 어디서부터 어떻게 풀어야…

그때 그 아저씨다.

윰챠

… 너는…?

분명히 그때
아파트에서…

야, 너 여기서 뭐하냐?

아쯔끄림 머겅.

집에 안 가냐?

갈 거야, 집.

그래?
그럼 빨리 가.

엄마가 지금
데릴러 오고 이쩌.

왜 아파트 놀이터 놔두고
여기까지 와서
엄마 고생시키냐?

여기가 놀 거 더 많아.
친구도 여기가 더 많아.
그래서 맨날 여기서 놀앙.

아휴, 내가 뭐하고 있는 건지…

그래, 좋으면 절루 가서 놀아라~
여기서 비 맞은 멍멍이처럼
아쯔끄림 먹찌 말구.

늘어진 세 말린 오징어 젓 같아.

크으… 뭐야. 뭔가 엄청 짜증 나는데…?

얼른 저리 가…

잠깐, 꼬마 너!

904호 옆집에 사는 거 맞지?

아니, 옆옆 집.

아무튼
혹시 옆옆 집 형아에 대해
기억 남는 거 있니?

멀리 갔다는 형아?

어?

아… 그래
그 형아…

음…

멀리 떠나기 전에
있었던 일 중
뭐 기억에 남는 거 있어?

무쩌웠어.

무섭다?

왜?

어째서?

쩌번에
엄마랑 집 가구 이떠떠.

근데
나, 봐떠.

그 형아
다투고 이떠떠.

어떤 형아랑.

어… 어디서?!

들썩

저기.

슈

어떻게 다투고
있었어?!

240

저쪽에서.
어떤 형아한테 맞아쩌.

저건…

말…
조각상…?

그래!

이제야⋯

알겠어.

만약 이 꼬마가 정말로

저 말 조각상 앞에서
박성진을 봤다면

그것은 절대로
착각이 아닐 것이다.

또한 거기서 박성진이
누군가와 다퉜다면

다툰 사람은 100%

핸드폰을 돌려주려 했던
최성욱밖에 없어.

최성욱은 핸드폰만 주고
바로 헤어졌다고 했는데

왜 다퉜다는 얘기는
하지 않은 거지?

물론 그런 얘길 꺼내지 않은
거짓말 그 자체는

사건에 엮이거나
의심받기 싫어서일 수도 있다.

하지만 문제는

만난 장소…

이 놀이터는

역에서 더 멀리 떨어진,

역으로 가는 길목이 아니라

후미진 곳에 위치해 있다는 것.

어쩌면 애초에 최성욱은
잠깐 가는 길에
핸드폰만 주려 한 게 아니라

뭔가를 따지기 위해
이곳으로 박성진을
불렀을 수도 있단 것이다.

하지만 그럴 만한
분쟁거리가 있었다면

혜연이가 박성진
주변 인물을 조사할 때
언급이 됐어야 했을 텐데?

그렇단 얘기는…

아저씨!!

아저씨,
어디 아파…?!

갑자기 불러도
대답도 업꾸…

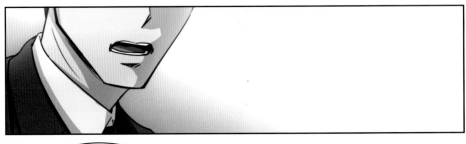

꼬마야,
너 이름이 뭐니?

척

응?

연욱. 정연욱.

아아~ 연욱이었구나?

연욱아, 하나만
더 물어봐도 될까?

지난번에
연욱이가 했던 말에 대해
좀 더 자세히 듣고 싶은데

응? 내가 했떤 말?

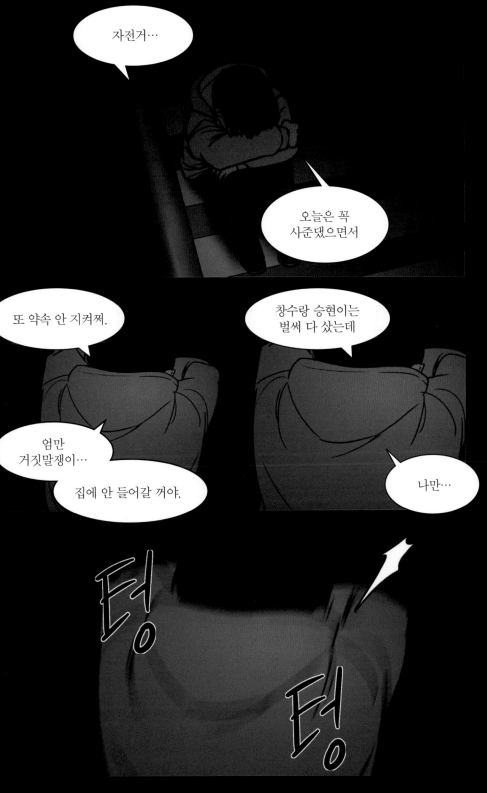

10층 계단에 이썼는데

그래서 내려다봤는데

텅 텅 텅

누가 급하게 계단
내려가는 소리가 들려쩌.

텅 텅

그때 봐쩌!

텅

배달부 아저씨가

계단으로 내려가다가

발을 헛디디면서

우르르꽝꽝꽝!!
해써!!

FILE.42

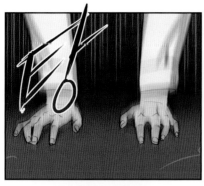

이제야

흩어진 조각들이

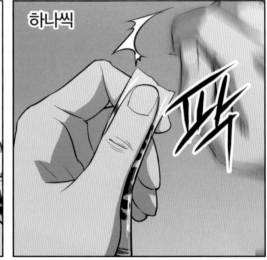

하나씩

맞아떨어지기
시작했다.

최성욱과 박성진이
다퉜다는 것이
결정적이다.

다퉜다는 얘긴

당연히 둘 사이에
문제가 있었다는 것.

하지만 예전에
혜연이가 박성진 주변을
조사했었을 때에도

최성욱에 대한 언급은
전혀 듣지 못했었다.

소문이란 게 원래

아무리
별 볼일 없는 사실이라도
드러나기 마련인데

그 정도로
감정의 골이 깊었는데도

이토록 아무 얘기
없었던 거라면

추측할 수 있는
가능성은
하나밖에 없다.

둘은 처음 최성욱 본인이 말했던 대로 서로 별 신경 안 쓰는 무관한 사이였으나

최성욱이 박성진의 핸드폰을 취득했다가 돌려주는 과정에서

뭔가 커다란 트러블이 발생했을 가능성이 상당히 높다.

물론 실제로 보지 않은 이상

단순히 작은 다툼으로 치부할 수도 있지만

꼭 그렇게만 받아들일 수 없는 게

그 일이 있고 나서 며칠 후 최성욱이 급작스럽게 해외를 갔다는 것.

아뇨 아뇨,
그래도 텀이 조금은 있었는데
ㄴ선엔 깜빡해서
말을 못 했었거든요…

본인은 갑작스레
해외로 간 게 아니라 했지만

그건 나중에 비행기표 같은 내역만
조사해봐도 쉽게 밝혀낼 수 있어.

녀석은 분명 어떠한 이유에 의해
갑작스레 해외로 뜬 거야.

2/14	
00:30	
2/15	

최철민은 교통사고 직전에
최성욱으로부터 연락이
왔었다고 했으니

최성욱이
전화를 건 시각은

2월 15일로 넘어가는 밤
00시 30분경이라는 말이 되는데

여기서 재밌는 건

시간!

형석이가
아르바이트 메시지를 받은 것도
15일 00시 50분쯤으로
거의 비슷한 시간이었으며

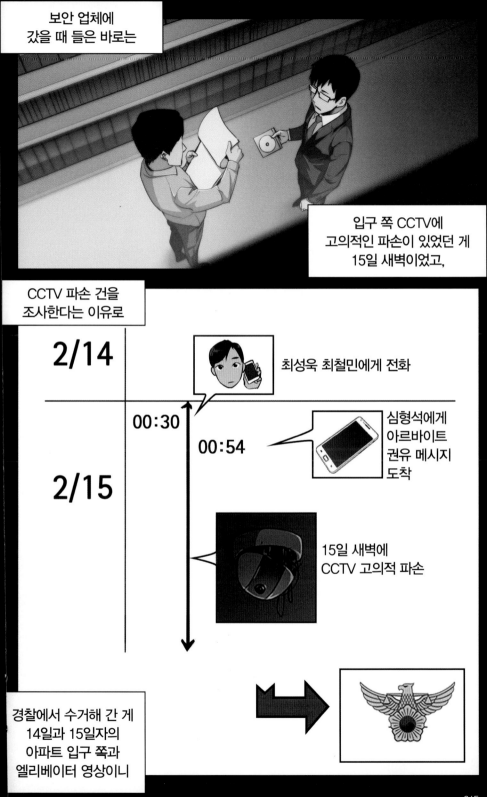

보안 업체에
갔을 때 들은 바로는

입구 쪽 CCTV에
고의적인 파손이 있었던 게
15일 새벽이었고,

CCTV 파손 건을
조사한다는 이유로

2/14

최성욱 최철민에게 전화

00:30

00:54

심형석에게
아르바이트
권유 메시지
도착

2/15

15일 새벽에
CCTV 고의적 파손

경찰에서 수거해 간 게
14일과 15일자의
아파트 입구 쪽과
엘리베이터 영상이니

일치하는 우연의 개수가
너무 많다.

단언컨대 14일과 15일 사이에
어떤 일이 있었고,

거기에는

최성욱이 관여해
있을 것이다.

다만 최성욱에 대한
증거가 하나도 없기에

최성욱과 살인 사건을
이어줄 연결 고리가
아직도 더 필요하지만…

할 수 있다.

그토록 불투명했던 사건이
점점 더 선명해지고 있다.

사실 내가 법정에서
이 형사를 살인범으로 몰았던 게
잘못된 것임을

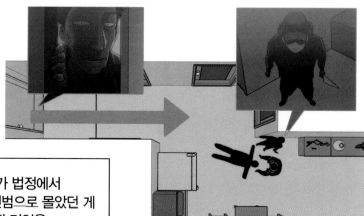

그게 아니라면
혼자 합리화했던
걸지도 모르지.

어쩌면 그때부터 어렴풋이
느끼고 있었는지도 모른다.

이 형사 같은 쓰레기는
살인범으로 몰아도
별로 상관없지 않느냐고.

덕분에 난 끝도 없는
심연 속으로 가라앉게 됐지만…

이 모든 게 진실이 아닌 쉬운 길로 가려 했던

나의 약아빠진 마음 때문이었다.

뼈아픈 고통을 겪어야 했지만

이 일을 계기로 나는

더 많은 것을 깨닫게 됐기에

후회는 없다.

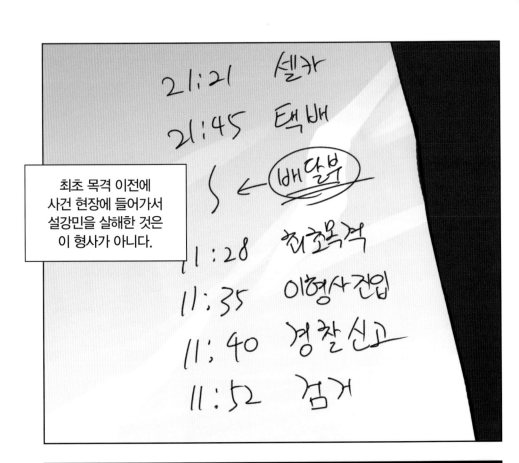

최초 목격 이전에
사건 현장에 들어가서
설강민을 살해한 것은
이 형사가 아니다.

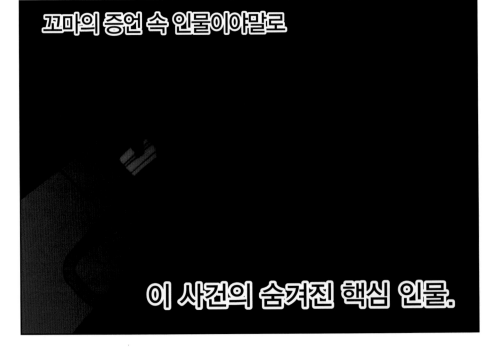

이제 더 이상 피하고 외면하지 않을 거야.

이 복잡한 사건 속에 가려진 진실을

반드시 밝혀내겠어!

5권에서 계속

내가 안했어요 4

초판 1쇄 인쇄 2017년 5월 24일
초판 1쇄 발행 2017년 6월 7일

지은이 민형 · 김준석
펴낸이 김문식 최민석
디자인 손현주 한은영
편집디자인 투유엔터테인먼트(정연기)

펴낸곳 (주)해피북스투유
출판등록 2016년 12월 12일 제2016-000343호
주 소 서울시 마포구 성지1길 32-36 (합정동)
전 화 02)336-1203
팩 스 02)336-1209

ⓒ 민형 · 김준석, 2017

ISBN 979-11-88200-26-9 (04810)
       979-11-88200-22-1 (세트)

·뒹굴은 (주)해피북스투유의 만화 브랜드입니다.
·이 책은 (주)해피북스투유와 저작권자와의 계약에 따라 발행한 것이므로 무단전재와 무단복제를 금지
 하며, 이 책 내용의 전부 또는 일부를 이용하려면 반드시 저작권자와 (주)해피북스투유의 서면 동의를
 받아야 합니다.
·잘못된 책은 구입하신 곳에서 바꾸어드립니다.